普希金经典童话集

[俄] 普希金 著

任溶溶 译

人民文学出版社

据 А. С. ПУШКИН, ПОЛНОЕ СОБРАНИЕ СОЧИНЕНИЙ В ДЕСЯТИ ТОМАХ, ТОМ ЧЕТВЕРТЫЙ(АН СССР, МОСКВА, 1964)译出。

图书在版编目(CIP)数据

普希金经典童话集/(俄罗斯)普希金著;任溶溶译.—北京:人民文学出版社,2019(2025.6重印)
(普希金经典文选)
ISBN 978-7-02-015184-4

Ⅰ.①普… Ⅱ.①普…②任… Ⅲ.①童话—作品集—俄罗斯—近代 Ⅳ.①I512.88

中国版本图书馆CIP数据核字(2019)第074343号

责任编辑　李丹丹
装帧设计　黄云香
责任校对　刘晓强
责任印制　王重艺

出版发行　人民文学出版社
社　　址　北京市朝内大街166号
邮政编码　100705

印　　刷　三河市中晟雅豪印务有限公司
经　　销　全国新华书店等

字　　数　50千字
开　　本　850毫米×1092毫米　1/32
印　　张　4.75　插页1
印　　数　5001—8000
版　　次　2019年9月北京第1版
印　　次　2025年6月第2次印刷

书　　号　978-7-02-015184-4
定　　价　36.00元

如有印装质量问题,请与本社图书销售中心调换。电话:010-65233595

目 次

序 001

神父和他的长工巴尔达的故事 001

母熊的故事 013

沙皇萨尔坦、他的儿子
——威武的勇士吉东大公和美丽的天鹅公主的故事 021

渔夫和金鱼的故事 073

死公主和七勇士的故事 087

金鸡的故事 117

序

普希金是"俄国诗歌的太阳",是"俄国文学之父",他在俄国就像一种神一样的存在,甚至就是神本身,就是俄国的文化之神。俄国的"普希金崇拜"现象独一无二,在其他国家很难遇见。换句话说,普希金在俄国社会和俄罗斯人心目中享有的崇高地位,可能高于任何一位作家在其所属民族中所占据的位置。

在神化普希金的过程中,一次又一次的"纪念日庆祝"发挥过重大作用。俄国人很看重所谓"纪念日"(юбилей),即诞生受洗、婚丧嫁娶等纪念日,健在的名人会在年满六十、七十或八十岁时获得官方或民间机构授予的各种荣誉,去世的大师则会在诞辰日或忌日收获不断叠加的缅怀和敬重。自二十世纪三十年代起,普希金的每个生日和忌日都成为一个全民节日,而普希金诞生或去世的整数纪念日则更成了"普希金造神史"中的一座座路标。俄国的普希金纪念日庆贺活动往往也会溢出境外，产生国际性影响。仅以中国为例，二十世纪二十至三十年代的三次纪念活动为普希金在中国的广泛传播奠定了基础。第一次是1937年普希金逝世一百周年纪念活动，在上海建起了普希金纪念碑；第二次是1947年普希金逝世一百一十周年纪念活动，由罗果夫和戈宝权编选的《普希金文集》面世，此后多次再版，影响深远；第三次是1949年普希金诞辰一百五十周年纪念活动，普希金的多部作品、多种选本都被译成中文。中华人民共和国成立后，在涌入中国的俄苏文学大潮之中，普希金更是独占鳌头，由于戈宝权、查良铮（穆旦）、张铁夫、高莽（乌兰汗）等中国普希金学家的相互接力，中国的普希金译介和研究更上一层楼。到1999年普希金诞辰两百周年时，中国几乎同时出版了两套《普希金全集》，使汉语读者终于拥有了全部的普希金，拥有了中国的普希金。

如今，在普希金诞辰两百二十周年纪念日，人民文学出版社推出这套新颖别致、装帧精美的"普希金经典文选"，在普希金的作品中精挑细选、优中选优，为我们展示出一个浓缩的普希金，精华的普希金。这套文选由三本构成，让普希金创作中最重要的三个构成——情诗、小说和童话——既自成一体，又相互呼应，让我们能在较少的篇幅、较短的时间里一览普希金文学遗产的完整面貌。

一

普希金首先是一位诗人，提起普希金，人们首先想到的可能还是他的抒情诗。

1813年十四岁的普希金写下他现存最早的一首诗《致娜塔莉娅》到他去世，他总共写下八百余首抒情诗。普希金的创作大致可以划分为五个时期，即皇村时期、彼得堡时期、南方流放时期、北方流放时期以及最后十年。虽然普希金在每个时期对文学样式的偏重都稍有不同，但抒情诗，或如本套选本的书名所显示的那样，即他的"情诗"，却无疑是贯穿他整个创作的最重要文学体裁。这里的"情"字，其含义可能是丰富的、多层次的：首先指男女之间的爱情，普希金是个多情的人，一生爱过许多女性，也为许多女性所爱，这些爱情，无论是热恋、单恋还是失恋，均结晶为许多优美、深情的诗作；其次是亲情和友情，比如普希金写给家人、奶娘和朋友们的诗；再次是对祖国的爱，对俄罗斯大自然的爱；最后还有对自由的深情，对诗歌的忠诚。如此一来，普希金的情诗便容纳了丰富的题材，个人情感和社会生活，爱情和友谊，城市和乡村，文学和政治，祖国的历史和异乡的风情，民间传说和自然景致……在他的抒情诗中都得到了反映和再现。

1821年，普希金在给朋友的信中这样确定了他的创作主题："我歌唱我的幻想、自然和爱情，歌唱忠实的友谊。"普希金首先是生活的歌手，对爱情、友谊和生活欢乐（及忧愁）的歌咏，构成了其诗歌最主要的内容之一。在最初的诗作中，普希金模仿巴丘什科夫等写"轻诗歌"，后来，尽管忧伤的、孤独的、冷静的、沉思的、史诗的等诗歌基因先后渗透进了普希金的抒情诗，但对于生活本身的体验和感受一直是普希金诗歌灵感的首要来源。在普希金关于生活的抒情诗中，最突出的主题是爱情和友谊。普希金一生从未停止过爱情诗的写作，他一生写作的爱情诗有两百余首，约占其抒情诗总数的四分之一，其中的一些名篇，如《致凯恩》（1825）、《圣母》（1830）、《我爱过您；也许，我心中……》（1829），早已成为俄国文学史中最伟大的情歌。与爱情主题一同在普希金的抒情诗中占据主要地位的是友谊主题，在这些诗作中，普希金歌颂友谊，同时也谈论诗歌和生活，现实和幻想。有趣的是，普希金的爱情诗往往都写得简短、精致，而友情诗则大多篇幅很长。无论篇幅长短，强烈而真诚的情感是普希金任何主题的抒情诗中均不曾或缺的因素。别林斯基曾这样评说普希金诗中的"情"："普希金的诗歌、尤其是他抒情诗歌的总的情调，就是人的内在美，就是爱抚心灵的人性。此外，我们还可以补充一点，如果说每一种人类的情感已然都很美好，因为这是人类的情感（而非动物的情感），那么，普希金的每一种情感则更加美好，这是一种雅致的情感。我们在此所指并非诗歌的形式，普希金的诗歌形式永远是最美好的；不，我们指的是，作为他每一首诗之基础的每一种情感，本身就是雅致的、优美的、卓越的，这不单单是一个人的情感，而且还是一个作为艺术家的人的情感，一个作为演员的人的情感。在普希金的每一种情感中都永远包含着某种特别高尚的、温顺的、温柔的、芬芳的、优美的东西。就此而言，阅读他的作品，便能以一种出色的方式把自己培养成一个人，这样的阅读对于青年男女尤其有益。在俄国诗人中还没有哪一位能像普希金这样，成为青年人的导师，成为青春情感的培育者。"

普希金抒情诗歌的价值和意义，当然并不仅仅在于其广泛的题材和丰富的内容，而且更在于其完美的形式和独特的风格。总体地看待普希金的抒情诗，我们认为，其特色主要就在于情绪的热烈和真诚、语言的丰富和简洁、形象的准确和新颖。

抒情诗的基础是情，且是真诚的情。诗歌中的普希金和生活中的普希金一样，始终以真诚的态度面对读者和世界。无论是对情人和友人倾诉衷肠，是对历史和现实做出评说，还是对社会上和文学界的敌人进行抨击，普希金都不曾有过丝毫的遮掩和做作。在对"真实感情"的处理上，普希金有两点是尤为突出的。第一，是对"隐秘"之情的大胆吐露。对某个少女一见钟情的爱慕，对自己不安分的"放荡"愿望的表达，普希金都敢于直接写在诗中。第二，是对忧伤之情的处理。普希金赢得了许多爱的幸福，但他也许品尝到了更多爱的愁苦，爱和爱的忧伤似乎永远是同一枚硬币的两面。普希金一生都境遇不顺，流放中的孤独，对故去的同学和流放中的朋友的思念，对不幸命运和灾难的预感，时时穿插进他的诗作。但是，令我们吃惊的是，普希金感受到了这些忧伤，写出了这些忧伤，但这些体现在诗中的忧伤却焕发出一种明朗的色调，使人觉得它不再是阴暗和沉重的。

普希金抒情诗在语言上的成就，在其同时代的诗人中间是最为突出的。一方面，普希金的诗歌语言包容了浪漫的美文和现实的活词、传统的诗歌字眼和日常的生活口语、都市贵族的惯用语和乡野民间流传的词汇、古老的教会斯拉夫语和时髦的外来词等，表现出了极大的丰富性。通过抒情诗这一最有序、有机的词语组合形式，他对俄罗斯的民族语言进行了一次梳理和加工，使其表现力和生命力都有了空前的提高，正是在这个意义上，普希金不仅被视为俄罗斯民族文学的奠基人，而且也被视为现代俄罗斯语言的奠基者。普希金诗歌语言的丰富，还体现在其丰富的表现力和其自身多彩的存在状态上。严谨的批评家别林斯基在读了普希金的第一部诗集后，就情不自禁地也用诗一样的语言对普希金的诗歌语言做了这样的评价："这是怎样的诗啊！……俄罗斯语言一切丰富的声响、所有的力量都在其中得到了非常充分的体现。……它温柔、甜蜜、柔软，像波浪的絮语；它柔韧又密实，像树脂；它明亮，像闪电；它清澈、纯净，像水晶；它芳香，像春天；它坚定、有力，像勇士手中利剑的挥击。在那里，有迷人的、难以形容的美和优雅；在那里，有夺目的华丽和温和的湿润；在那里，有着最丰富的旋律、最丰富的语言和韵律的和谐；在那里，有着所有的温情，有着创作幻想和诗歌表达全部的陶醉。"另一方面，普希金的诗歌语言又体现出了一种简洁的风格。人们常用来总结普希金创作风格的"简朴和明晰"，在其抒情诗歌的创作上有着更为突出的体现，在这里，它首先表现为诗语的简洁。普希金的爱情诗、山水诗和讽刺诗大多篇幅不长，紧凑的结构结合精练的诗语，显得十分精致，普希金的政治诗和友情诗虽然往往篇幅较长，但具体到每一行和每个字来看，则是没有空洞之感的。在普希金这里，没有多余的词和音节，他善于在相当有限的词语空间里尽可能多地表达感情和思想，体现了高超的艺术的简洁。果戈理在总结普希金的这一诗语特征时写道："这里没有滔滔不绝的能言善辩，这里有的是诗歌；没有任何外在的华丽，一切都很朴素，一切都很恰当，一切都充满着内在的、不是突然展现的华丽；一切都很简洁,纯粹的诗歌永远是这样的。词汇不多，可它们却准确得可以显明一切。每个词里都有一个空间的深渊；

每个词都像诗人一样,是难以完整地拥抱的。"别林斯基和果戈理这两位普希金的同时代人,这两位最早对普希金的创作做出恰当评价的人,分别对普希金诗歌语言的两个侧面做出了准确的概括。

二

普希金是一位伟大的小说家。在普希金的文学遗产中,除韵文作品外也有数十部(篇)、总字数合四十余万汉字的小说作品。这些小说不仅体现了普希金多方面的文学天赋,而且也同样是普希金用来奠基俄国文学的巨大基石。没有留下这些小说作品的普希金,也许就很难被视为全面意义上的"俄国文学之父"。

普希金小说的主题是丰富的,家族的传说和祖国的历史,都市的贵族交际界和乡村的生活场景,自传的成分和异国的色调,普通人的遭际和诗人的命运……所有这一切在他的小说中都得到了反映。

普希金第一部完整的小说作品《别尔金小说集》(1830),以对俄国城乡生活的现实而又广泛的描写而独树一帜,是普希金最重要的小说作品之一。《别尔金小说集》由五个短篇小说组成,这五篇小说篇篇精彩,篇幅也相差不多,但人物各不相同,风格也有异。《射击》塑造了一个"硬汉"形象,并对当时贵族军人的生活及其心态做了准确的表现。在这篇小说里，普希金借用了他本人1822年7月在基什尼奥夫曾与人决斗的生活片断。如果说《射击》是一个紧张的复仇故事，那么《暴风雪》则像一出具有淡淡讽刺意味的轻喜剧。阴差阳错的私奔，还愿偿债似的终成眷属，构成了作者高超的叙述。《棺材店老板》中的主人公有真实的生活原型，他就是住在离普希金未婚妻冈察洛娃家不远处的棺材匠阿德里安。但是，棺材匠的可怕梦境却是假定的、荒诞的，它既能与棺材匠的职业相吻合，又与城市平民的生活构成了某种呼应。和《棺材店老板》一样，《驿站长》也是描写下层人的，但作者在后一篇中对主人公寄予了更深切的同情，其中的"小人物"形象和深刻的人道主义精神，对当时和后来的俄国文学都产生了巨大影响。《村姑小姐》是一个新的罗密欧和朱丽叶的故事。活泼可爱的女主人公，皆大欢喜的结局，都隐隐体现出了作者的价值取向：乡间的清纯胜过上流社会的浮华，深刻的俄罗斯精神胜过对外来文化的拙劣模仿。《别尔金小说集》中的人物，无论是一心复仇的军官（《射击》)，还是忙于恋爱的乡村贵族青年（《暴风雪》和《村姑小姐》)，无论是城市里的手艺人（《棺材店老板》)，还是驿站里的"小人物"（《驿站长》)，其形象都十分准确、鲜明，构成了当时俄国社会生活的众生图。作者在这些精致的小说中所确立的真实描写生活、塑造典型形象的美学原则，所体现的人道主义精神和民主意识，使《别尔金小说集》成为俄国小说发展史上具有划时代意义的里程碑。

在普希金的小说中，最典型的"都市小说"也许要数《黑桃皇后》(1833)。作家通过具有极端个人主义意识和贪婪个性的格尔曼形象，体现了金钱对人的意识和本质的侵蚀，通过无所事事、行将就木的老伯爵夫人的形象，体现了浮华上流社会生活造成的人性的堕落。在这里，作家对都市贵族生活的带有批判意味的描写，小说通过舞会、赌场、出游、约会等场合折射出的社会道德规范，尤其是对金钱与爱情、个人与他人、命运与赌注等典型"都市主题"的把握，都体现出了作家敏锐的社会洞察力，使小说具有强烈的社会批判意义。这篇小说发表后产生了很大影响，甚至像歌德笔下的维特引来众多痴情的模仿者那样，小说中的格尔曼也获得了一些愚蠢的仿效者。普希金本人曾在1834年4月7日的日记中写道："我的《黑桃皇后》很走红。赌徒们都爱押三点、七点和爱司这三张牌。"格尔曼和伯爵夫人是小说中的两个主要人物，在对这两个人物的描写上，作者提到的两个"相似"是值得注意的：格尔曼的侧面像拿破仑；死去后还似乎在眯着一只眼看人的伯爵夫人像黑桃皇后。通过这两个比拟，作者突出了格尔曼身上坚定、冷酷的个人主义心理和赌徒性格，突出了伯爵夫人身上所具有的"不祥"之兆——这既是就她刻薄、爱虚荣的性格对于他人的影响而言的，也是就浮华、堕落的社会对她的影响而言的。在描写格尔曼时，作者采用了粗犷的外部白描和细致的内部刻画相结合的手法，淋漓尽致地传导出了格尔曼贪婪、无情的心理。细腻的心理描写，是这篇小说在人物塑造上的一个突出之处，它同时标志着普希金小说创作中一个新倾向、新特征的成熟。这篇小说情节紧张，老伯爵夫人被吓死的恐怖场面，格尔曼大赢大输的赌局，都写得惊心动魄。然而，在处理众多的人物关系、交代戏剧化的故事情节、刻画细致入微的主人公心理的同时，作家却令人吃惊地保持了作品风格上的简洁和紧凑。格尔曼和丽莎白·伊凡诺夫娜的交往过程，格尔曼的三次狂赌，尤其是那寥寥数语的"结局"，都写得简洁却不失丰满，体现了普希金高超的叙事才能。现代的批评已经注意到这篇小说对果戈理的"彼得堡故事"等俄国"都市小说"的影响，注意到了格尔曼与陀思妥耶夫斯基笔下的拉斯科尔尼科夫（《罪与罚》主人公）等人物之间的亲缘关系。

普希金的小说具有鲜明的风格特征。在刚开始写作和发表小说时，普希金也许还信心不足，也许是担心自己与流行文风相去甚远的新型小说很难为人们所接受，也许就是想与读者和批评界开一个玩笑，因此在《别尔金小说集》首次发表时，他没有署上自己的真实名字，煞费苦心地编造出一个作者"别尔金"来。小说发表后，有人问普希金谁是别尔金，普希金回答道:"别管这人是谁,小说就应该这样来写:朴实,简洁,明晰。"所谓"简朴和明晰"也就被公认为普希金的小说、乃至他整个创作的风格特征。

这一特征的首要体现,就是作者面对生活的现实主义态度。对生活多面的、真实的反映,对个性具体的、典型的塑造,所有这些现实主义小说艺术最突出的特征,都在普希金的小说中得到了突出体现。普希金的"简朴和明晰",还表现在小说的结构和文体上。普希金的小说篇幅都不长,最长的《大尉的女儿》也不到十万字;普希金的小说情节通常并不复杂,线索一般不超过两条,且发展脉络非常清晰;对无谓情节的舍弃,是普希金小说结构上的一大特点,作者在交代故事的过程中,往往会突然切断中间长长的部分,这样做的结果,不仅节约了篇幅,使小说的结构更精巧了,同时还加强了故事的悬念。在《别尔金小说集》中,普希金的这一手法得到了广泛而成功的运用:《射击》、《暴风雪》和《驿站长》都是由两个部分组成的,作者只截取了故事精彩的一头和一尾;这些小说的结尾也都十分利落,《暴风雪》、《村姑小姐》和《棺材店老板》更是戛然而止的;在这些故事中,作者常用几句简单的插笔便改变了线索发展的时空,转换很是自如。

普希金的小说文体也是很简洁的。在他的小说中,句式不长,人物的对话很简短,对人物的描写也常常三言两语,很少有细节的描写和心理的推理。在比喻、议论、写景的时候，普希金大都惜墨如金，却往往能起到画龙点睛的作用，他高超的诗歌技巧显然在小说创作中得到了发挥。另外，构成普希金小说明快风格的成分，还有作者面对读者的真诚和他对小说角色常常持有的幽默。这两种成分的结合，使得普希金的叙述显得轻松却不轻飘，坦然而又自然。没有任何多余的东西，没有任何做作的东西，这就是普希金的小说，这就是普希金的小说风格。

三

1830—1834年，普希金集中写出六篇童话——《神父和他的长工巴尔达的故事》(1830)、《母熊的故事》(1830)、《沙皇萨尔坦、他的儿子——威武的勇士吉东大公和美丽的天鹅公主的故事》(1831)、《渔夫和金鱼的故事》(1833)、《死公主和七勇士的故事》(1833)和《金鸡的故事》(1834)。虽说在这之前普希金也曾尝试童话写作，虽说普希金的成名之作《鲁斯兰与柳德米拉》也近似童话作品，但普希金在其创作的成熟期突然连续写作童话，这依然构成了普希金创作史中一个引人注目的现象。

童话是写给儿童看的，普希金的这些童话也不例外。长期以来，在俄罗斯人家许多孩子幼年时都是在妈妈或外婆朗读普希金童话的声音中入睡的。可以毫不夸张地说，大多数俄罗斯人的童年记忆都是与普希金的这几篇童话紧密结合在一起的。然而，普希金这些童话的读者又绝不仅限于儿童，它们同样也能给成年人带来审美的享受，它们同样也是普希金创作鼎盛时期的经典之作。在阅读普希金的这六篇童话作品时，我们可以对这样几个问题稍加关注。

首先是这些童话与民间创作的关系问题。童话原本就是一种民间文学特征十分浓厚的体裁，普希金的这六篇童话也取材于民间传说，有些甚至就是他的奶奶和奶娘讲给他听的口头故事。《神父和他的长工巴尔达的故事》是普希金在集市上听来的，他于1824年在一个笔记本中记录下了这个故事。在写作《沙皇萨尔坦、他的儿子——威武的勇士吉东大公和美丽的天鹅公主的故事》之前所作的笔记中，普希金也抄录了这个民间故事的两个不同版本。六篇童话都具有鲜明的民间故事特征。比如，民间故事典型的三段式结构就出现在这里的每一篇童话中：巴尔达在三场比赛中三次战胜小魔鬼，巴尔达弹了神父三下脑门，勇士吉东先后变成蚊子、苍蝇和蜜蜂三次造访萨尔坦的王国，叶利赛王子面对太阳、月亮和风儿的三次发问等；比如，每篇童话的内容均具有鲜明的教益性，近似寓言，童话中的人物也善恶分明，结局皆大欢喜，即好人战胜坏人，恶人受到惩罚；

再比如，这些童话故事情节均发生在笼统的、模糊的故事时空里。然而，这些童话毕竟是普希金创作出来的童话，因而又具有崭新的内容和形式，具有叙事诗、乃至抒情诗的属性，完成了从民间故事向文学作品的过渡和转变，这些童话的文学性丝毫不亚于普希金的其他作品。从内容上看，这些童话充满着许多普希金式的推陈出新，比如《渔夫和金鱼的故事》原来的主旨是让人各守本分，不要过于贪婪，但普希金却将渔夫老婆的最后一个要求改为要做大海的女王，要金鱼永远伺候自己，感觉到自由即将遭到剥夺的金鱼终于不再奉陪，让渔夫老婆的所有希望落空，这样的改动无疑具有深刻的普希金意识和普希金精神，即自由的权利是神圣的，是断不能出让的。从形式上看，这些童话均被诗人普希金赋予了精致、完美的诗歌形式，它们读起来朗朗上口，这无疑也是这些童话近两百年来在俄国和世界各地代代相传的重要前提之一。《沙皇萨尔坦、他的儿子——威武的勇士吉东大公和美丽的天鹅公主的故事》和《死公主和七勇士的故事》，均以"我也在场""我也在座"一句结束，普希金特意标明的这种"在场感"具有象征意味。总之，普希金以其卓越的诗歌天赋使这些民间童话文学化了，这六篇童话都刻上了普希金风格的深刻烙印，甚至可以说，它们无一例外都成了普希金地道的、极具个性色彩的原创之作。

其次是这些童话的外国情节来源及其"俄国化"的问题。

普希金的这六篇童话，除《母熊的故事》因为没有完成而很难确定其"出处"外，其他各篇均有其"改编"对象：《渔夫和金鱼的故事》几乎见于欧洲每个民族的民间故事，据苏联时期的普希金学家邦季考证，普希金的童话直接取材于《格林童话》中的故事；《沙皇萨尔坦、他的儿子——威武的勇士吉东大公和美丽的天鹅公主的故事》的原型故事，自16世纪起就流传于西欧多国；《死公主和七勇士的故事》显然就是"白雪公主和七个小矮人"故事的翻版；而《金鸡的故事》的源头则被诗人阿赫玛托娃于1933年探明，即美国作家华盛顿·欧文所著故事集《阿尔罕伯拉故事集》(1832)中的《一位阿拉伯占星师的传说》，人们在普希金的藏书中发现了欧文此书的法译本。然而，这些流浪于欧美各国的故事母题，在普希金笔下却无一例外地被本土化了、被俄国化了，其中的场景是地道的俄国山水，其中的人物是地道的俄罗斯人，他们说着纯正的俄语，描述他们的语言是纯正的俄罗斯诗语，重要的是，他们显示出了纯正的俄罗斯性格，更为重要的是，他们也都具有普希金笔下人物的典型特征，比如，在《死公主和七勇士的故事》中公主拒绝七位勇士的求爱，我们从中能听出《叶甫盖尼·奥涅金》中达吉雅娜对奥涅金所说的话。普希金将"迁徙的"童话母题俄国化的努力如此成功，居然能获得"喧宾夺主"的效果，如今一提起《渔夫和金鱼的故事》，许多人首先想到的就是：这是普希金的作品，这是一部俄国童话。

最后是这些童话的内容和风格与普希金整个创作的关系问题。我们注意到，在十九世纪三十年代前半期的俄国文学中，普希金的童话写作并非孤例。果戈理写出具有民间故事色彩的短篇集《狄康卡近乡夜话》(1831—1832)，茹科夫斯基写出《别连捷伊沙皇的故事》和《睡公主的故事》(1831)，达里编成《俄国童话集》(1832)，这些不约而同的举动或许表明，当时的俄国作家开始朝向民间创作，在民族的文学遗产中汲取灵感，开始了一场有意识的文化寻根运动。在普希金本人的创作中，童话写作也是与他的"现实主义转向"和"散文转向"基本同步的，也就是说，是与普希金创作中叙事性和现实指向性的强化基本同步的。普希金在《金鸡的故事》的结尾写道："童话虽假，但有寓意！对于青年，不无教益。"这几句诗最好不过地透露出了普希金的童话写作动机。在《神父和他的长工巴尔达的故事》中，普希金在民间故事的基础上强化了对以神父为代表的压迫阶层的嘲讽，这样的改动竟使得这部童话在当时无法发表，在普希金去世之后，茹科夫斯基为了让书刊审查官能放过此作，甚至将主角之一的"神父"改头换面为"商人"。就风格而言，普希金改编起童话来得心应手，因为童话体裁所具有的纯真和天然，原本就是普希金一贯追求的风格，原本就是他的创作风格的整体显现。普希金通过这六篇童话的写作，将民间故事带入俄国文学,将现实关怀和民主精神带入童话,其结果,使得这些纯真的童话成了他真正意义上的成熟之作。

普希金的童话,一如他的情诗和小说,都是他创作中的精品,都是值得我们捧读的文学经典。

刘文飞

二〇一九年三月

神父和他的长工巴尔达的故事

老神父,

傻乎乎,

到市场上走走,

看有什么合他胃口。

迎面来了巴尔达,

也没准儿要上哪。

"神父,干吗这样的早?

你在把什么找?"

"找个长工,"神父回答他,

"厨子、马夫、木匠全要一把抓。

工钱又要不怎么高,

这样的人,不知哪儿能找?"

巴尔达说:"这活我来给你干,

管保勤快不偷懒。

一年只要弹你三下额头。

吃很随便,就一点麦粥。"

神父马上动脑筋,

伸手搔搔他脑门。

弹脑门嘛,可重可轻,

碰运气吧,当下决定。

"那好,就依你的办,

反正大家都合算。

你住到我庄园里来,

看看你有多么勤快。"

巴尔达跟他回府,

铺点干草当床铺。

一个人吃四人的饭,

七人的活他一人干。

天没亮就干了许多活,

套马犁地,犁得快又多,

东西买好,炉子生着,

煮熟鸡蛋,还带剥壳。

太太连声把他夸,

小姐生怕累死他,

少爷对他大叫"爸爸";

他得煮粥,兼带娃娃。

就是神父不爱巴尔达,

从来也不怜惜他。

神父老是想到报应,

时间过去,限期已近。

神父不吃不喝睡不着,

脑门像要裂开,疼得受不了。

他对太太吐露真言:

"如此这般,该怎么办?"

娘们头脑特别灵,

出坏主意最聪明。

她说:"老娘自有道理,

保证事情逢凶化吉:

派他一件他不胜任的事情,

又偏要他做到,差点也不行。

这样你的脑门不会挨揍,

咱们一钱不花,把他撵走。"

神父听了略略心放宽,

看起巴尔达来也放胆。

"巴尔达,"他大叫一声,

"过来,我忠心的长工。

你听我说,魔鬼本该给我交年金,

一直交到我的命归阴。

这种收入再好没有,

可拖欠了三个年头。

吃完麦粥你去找魔鬼,

全部欠债给我都讨回。"

巴尔达也不多争辩,

动身就去,坐在海边。

他把绳子垂到水里面,

搓得绳子不停转。

海里钻出一个老鬼:

"喂,巴尔达,干吗钻到这里?"

"瞧我用这绳子搅得海翻腾,

要叫你们这些该死的东西扭得浑身疼。"

老鬼登时苦起了脸:

"你这样狠又为哪般?"

"还为哪般?为欠款。

限期到了不交钱!

如今我们来玩个够,

你们这些狗东西要大吃苦头。"

"好巴尔达,大海先别搅,

欠款就到,分文不会少。

等着，我叫孩子出来见你。"

巴尔达想："耍这小鬼还不容易？"

水里钻出派来的小鬼，

说话咪呜咪呜，像只挨饿的猫咪：

"老乡巴尔达，喂，你好！

年金这是什么道道？

这玩意儿从来不曾知道过，

这种倒霉东西我从来没听说。

好吧，咱们两下言明，

咱们就此一言为定，

免得日后再懊恼：

咱俩沿着大海跑，

谁跑赢了，谁就拿钱，

钱正装到口袋里面。"

巴尔达的心里暗笑他：

"唉，亏你想出这个好办法！

你要跟巴尔达我比，

又算得个什么东西？

做我对手你不配！

还是等等我的小弟弟。"

说着他到附近林子里来，

抓两兔子,放进他的口袋。

他再回到大海边,

来到小鬼的面前。

他拿出只兔子,拎起耳朵。

"我弹三弦,你跳舞吧,"他说。

"你呢,还是一个小鬼头,

赛跑哪是我的对手。

这简直是浪费时间,

干脆,跟我弟弟先跑一遍。

一,二,三!赶快把它追。"

小鬼、兔子撒脚跑得快如飞,

小鬼顺着海边狂奔,

兔子马上回家,钻进树林。

瞧吧,小鬼沿着海边绕了一大圈,

累得拖长舌头仰起脸,

上气不接下气回来,

浑身是汗,爪子拼命地揩。

他想巴尔达准输,

可是一看——他在把弟弟爱抚,

边摸边说:"我的亲亲弟弟,

可怜家伙,你累坏了!休息休息。"

小鬼一下吓掉魂，

夹起尾巴不作声。

斜眼把那兔子弟弟再瞧一眼，

说道："等着等着，我去拿钱。"

他忙来见爷爷："大事可不好！

刚才赛跑，巴尔达的弟弟我也赢不了！"

老鬼忙把坏脑筋动，

上面巴尔达可闹得更凶。

整个大海在翻腾，

波浪哗哗在搅动。

小鬼钻出来说："够了，老乡，

钱就全给奉上——

不过听着，这根木棍可看到？

目标请你随便挑。

谁把木棍扔得更远，

谁就拿到那一袋钱。

怎么？怕手脱臼？怎么不扔？

还等什么？""等那小乌云。

我先把棍扔到那里，

再跟你们来比高低。"

小鬼吓得跑回家，

告诉爷爷,又输给了巴尔达。

巴尔达在上面又闹,

转动绳子,吓得魔鬼心惊肉跳。

小鬼再钻出来:"急什么?

要钱有钱,先听我……"

"不对不对,该轮到我,"

巴尔达止住他说,

"这回我来定条件,

对手,你得照我说的办。

倒要看看你力气有多大。

看见没有,那边一匹灰马?

你把这马高举起,

举着它走半里地。

你办得到,钱归你得,

你办不到,钱就归我。"

这个小鬼真可怜,

忙往马的肚子下面钻,

一下鼓起全身的劲,

浑身肌肉全都绷紧。

他举起马走了两步,摇摇晃晃像醉鬼,

第三步就趴下了,伸直了两条腿。

巴尔达说："真是饭桶,

还说较量,简直做梦!

举着马走你也办不到,

瞧我,用脚一夹就能让它跑。"

巴尔达他上马就奔,

跑了一里,灰尘滚滚。

小鬼吓得赶紧逃回家,

告诉爷爷,又败给了巴尔达。

老鬼小鬼慌成一团,

没有办法只好交清欠款。

把这袋钱放上巴尔达的肩。

巴尔达回家来,走得直喘气,

神父一见猛跳起,

赶紧躲到太太背后,

吓得浑身瑟瑟发抖。

可巴尔达马上找到他,

年金交出,要把工钱拿。

可怜神父

脑门伸出。

第一回,"噔"一弹,

神父蹦上天花板。

到第二回,弹他一下,

神父变成了哑巴。

弹到第三下,

神父变成了大傻瓜。

巴尔达训老神父说:

"神父,便宜可贪不得。"

(1830年)

母熊的故事

春天里来暖洋洋,

一早天色蒙蒙亮,

从林中,从密林中,

走出一只棕色大母熊,

带着她的可爱小熊崽,

出来溜达溜达看世界。

母熊坐在白桦树下,

熊崽们只管自己在玩耍。

他们在草丛上摔跤打斗,

打打滚还翻翻跟头。

忽然一个庄稼汉往这边走,

一支猎熊矛枪拿在手,

一把刀子插在腰间,

一个大布口袋搭在肩。

母熊远远地一望,

是个庄稼汉拿着支矛枪。

她登时哇哇叫起来,

叫唤她的小宝贝,

叫唤那些傻熊崽。

"哎呀,小宝贝,小熊崽,

快别玩了,别再摔跤打斗,

别再打滚翻跟头。

庄稼汉向着我们这边走,

快起来躲到我背后。

我绝不把你们送入他的魔掌,

让我来……吃掉他的五脏。"

小熊崽们怕得不得了,

都往母熊身后跑。

母熊大发熊脾气,

用后腿像人那样直立。

庄稼汉可真够机灵,

一下子扑向母熊,

把矛枪插到她的身上,

插在肚脐和肝中间的地方。

只听啪嗒一声响,

母熊倒在潮湿的地上,

庄稼汉把她的肚子破开,

破开肚子,把她的皮剥下来,

把小熊崽一一装进布口袋,

然后回家,带回熊皮和熊崽。

"老伴,送你一样好东西,

值五十卢布的这张熊皮。

再送你这些礼物,

三只小熊,每只值五卢布。"

一个消息不是传遍全城,

而是传遍整个林中,

一直传到棕色公熊耳里来,

说是他的母熊遭庄稼汉杀害,

他把她的肚子破开,

破开肚子,把她的皮剥下来,

把小熊崽一一装进布口袋。

公熊一听万分痛苦,

垂下了头,放声痛哭,

哭他的伴侣,

哭他的棕毛母熊就此死去。

"我亲爱的母熊啊，唉唉唉，

你怎么这样把我丢下来：

剩下我一个，孤苦伶仃，

剩下我一个，多么不幸！

我和你，我的夫人，我和你，

再不能快快活活地游戏，

再不能生育可爱的儿女，

再不能把他们摇来摇去，

再不能摇他们，再不能唱催眠曲。"

大贵族公熊家来客不断，

野兽纷纷前来向他吊唁，

来了各种各样的野兽，

大的也有，小的也有。

来客中有狼这位贵族，

他的牙齿，随时准备咬人，

他的眼睛，一看就知道他贪婪万分。

来客中有海狸这位客商，

这只海狸，他的尾巴又肥又壮。

来客中有燕子这位贵族小姐，

有松鼠这位女公爵。

来客中有狐狸这位书吏，

她是书吏，又管财务会计。

来客中有白鼬这位伶界大王，

有旱獭这位修道院长，

他，这位旱獭，家前就是谷仓。

来客中有兔子，他只是个平民，

灰不溜丢，可怜得很。

来客中还有刺猬这位地方官，

这只刺猬，老蜷成一团，

这只刺猬，老竖起刺，尖而又尖。

（1830 年）

沙皇萨尔坦、他的儿子

——威武的勇士吉东大公和美丽的天鹅公主的故事

窗下三个大姑娘，

很晚还在把纱纺。

一个姑娘首先开口：

"一旦我能当上皇后，

我要做出好饭菜，

请天下人吃个痛快。"

她的妹妹接着开口：

"一旦我能当上皇后，

我要独自织出布，

给天下人做衣服。"

小妹妹她最后开口：

"一旦我能当上皇后，

要为沙皇老人家，

生个勇士大娃娃。"

她这句话刚说出来，
门就轻轻咿呀打开。
来的正好是沙皇，
走进明净的正房。
他刚才在板墙外面，
一直偷听她们聊天。
最后一个说的话，
叫他心里开了花。
"你好，我的美丽姑娘，
你就做我皇后，"他讲，
"请你就在九月里，
给我生个大勇士。
还有你们亲姐俩，
也请离开这屋子吧，
跟我一起进宫去，
跟小妹妹到宫里。
一个给我纺纱织线，
一个给我烧菜做饭。"

沙皇爷走出屋门，
大伙一起进皇宫。

沙皇没有多做准备，

当天晚上成亲匹配。

萨尔坦在盛宴上，

跟皇后同坐成双。

最后在座的那些贵宾，

簇拥着这一对新人，

送他们到象牙床，

留他们俩在洞房。

厨娘在厨房里发怒，

纺织娘在机旁痛哭，

对沙皇那位娇妻

非常非常之妒忌。

可是那位年轻娘娘，

一点没有耽误时光，

第一夜就有了喜。

  这时爆发了战事。

沙皇辞别了妻房，

翻身骑到骏马上，

叮嘱皇后多保重，

把他牢牢记心中。

随后他在遥远的地方，

久久打着激烈的仗。

这时皇后到产期，

上帝赐个娇儿长一米。

皇后把他悉心爱护，

就像母鹰爱护鹰雏。

她派了人去报信，

好让孩子爹高兴。

可纺织娘和厨娘俩，

加上老婆子这亲家，

一心想把皇后害，

吩咐拦住那信差。

她们另外派了个人，

送去这样一封凶信：

"皇后夜里生下的，

不是男也不是女，

既非耗子，也非青蛙，

是只怪畜，不知是啥。"

沙皇接到这封信，

这个噩耗猛一听，

登时气得失去理智，

想把送信的人绞死。

可是总算回了意，

叫他带回这圣旨：

"先等皇上班师回京，

然后再作合法决定。"

　　信差于是转回程，

带着圣旨到京城。

可纺织娘和厨娘俩，

加上老婆子这亲家，

叫人灌醉这信使，

偷来带回的圣旨，

然后在他空口袋里，

另外塞进一封假的。

那位信差醉醺醺，

当天呈上那假信：

"本皇吩咐王公贵族，

立即照办，不得耽误，

把皇后和那怪种，

暗投进无底大海中。"

贵族深为皇上忧伤，

也很可怜皇后娘娘，

可是一点没办法，

只好寝宫来见她。

他们传达皇上命令，

宣布母子俩的厄运。

他们读完了圣旨，

就把他们母与子，

双双装进一个木桶，

涂上焦油，推它滚动。

扑通！木桶滚进大海里——

这是沙皇的旨意。

  在蓝天里繁星闪耀，

在蓝海上波浪滔滔，

乌云在空中飘走，

木桶在海上漂浮，

皇后像个苦命寡妇，

在木桶里哆嗦着哭。

孩子在桶里长大，不是论天，

而是一个钟头大一点。

一天过去，皇后还在痛哭……

孩子已把波浪催促：

"你呀，我的浪啊浪！

你自由地在闲荡，

但凭高兴，随处冲击，

冲蚀海上那些礁石，

你淹没了海岸边，

你托起了那些船——

你可别把我们吞吃，

快把我们送上陆地！"

海浪乖乖听他话，

简直只是眼一眨，

把桶轻轻送上岸来，

随即悄悄退回大海。

母子两人脱了险，

只觉到了地上面。

可是谁把他们放出木桶？

难道上帝遗弃他们？

儿子一下站起身，

用头去把桶底顶。

他稍稍地用点力气，

他的嘴里咕咕嘀嘀：
"这里开个窗子倒不坏！"
木桶顶穿，他就走出来。

　　母子得救，抬头一望，
田野广阔，有个土冈。
蓝海四面包围住，
冈上有棵绿橡树。
儿子心中暗暗思忖，
晚饭总得饱吃一顿。
他把树枝掰一根，
把它弯成一张弓。
再用十字架的丝线，
绷在上面，作为弓弦。
又掰一根细长芦苇秆，
削成轻快的利箭。
然后他往大海边走，
去找野禽或者野兽。

　　他刚来到大海之滨，
就听见谁在呻吟……

海上显然很不平静，

一看——出了不幸的事情：

微波之中天鹅在挣扎，

上面老鹰盘旋要逮它。

可怜的天鹅噼噼啪啪，

浑浊的海水溅起浪花……

老鹰爪子张得大又大，

磨利血腥尖嘴巴……

就在这时，一声箭响，

正好射在老鹰颈上——

老鹰的血落水中，

王子放下他的弓。

只见老鹰往海里沉，

发出惨叫，不像鸟声。

天鹅在它旁边游，

用嘴猛啄它的头，

要让恶鹰早点断气，

张开翅膀，拍它沉到海底。

接着天鹅说人话，

把这件事告诉他：

"王子啊，我的救命恩人，

是你救了我的性命。

你为了我，三天将挨饥、

你的箭也将沉入海底——

可你不必为此难过，

这倒霉事不算什么。

你的恩情我要报，

我要为你效大劳：

你搭救的不是天鹅，

是把一个姑娘救活，

你杀死的不是鹰，

是个恶巫害人精。

我永不会把你忘掉，

你到处能把我找到。

不要忧伤别苦恼，

现在先去睡一觉。"

　　天鹅说完，随即飞走，

留下王子，还有皇后。

他俩没吃也没喝，

整天就是躺着过……

等到王子张开眼睛，

甩掉夜里那个梦境，

他一下子吓一跳：

面前有座大城堡！

城头雉堞一个一个，

白墙后面又是什么？

教堂寺院多又多，

无数圆顶在闪烁。

他赶紧把妈妈叫醒，

妈妈看了也吃一惊！……

"有这种事？"王子说，

"对了，准是那天鹅。"

母子于是向城堡走，

可刚踏进城门里头，

一下四面钟声响，

震耳欲聋叮叮当：

人群涌到他们这里，

唱诗班在赞美上帝。

大臣服饰亮晶晶，

坐金马车来欢迎，

向他们俩大声请安，

给小王子戴上王冠，

宣布王子为国君，

管辖公国的臣民。

王子得到皇后允许，

在自己这座京城里，

从这天起执了政，

取了个名叫吉东。

　　风在海上轻轻地吹，

船给吹得疾走如飞。

船上的帆鼓鼓胀，

船儿乘风又破浪。

船上的人感到惊奇，

在甲板上挤在一起。

面前这岛太熟悉，

如今却是出奇迹：

新的城堡金顶灿烂，

码头围着坚固木栅。

忽听排炮轰隆隆，

关照这船把岸拢。

客商于是停靠码头，

吉东大公请去吃酒，

款待他们喝和吃,

又向他们问问题:

"诸位贩卖什么东西?

你们如今要上哪里?"

船上的人回答说:

"整个世界我们都到过。

我们买卖玄狐紫貂,

买卖各种贵重皮料。

如今到期回家乡,

正在直驶向东方。

待把布扬岛一经过,

就到光荣的萨尔坦那个皇国……"

大公说道:"客人们,

祝愿一路都顺风,

平平安安漂过海洋,

去见光荣的萨尔坦沙皇,

并请替我问他好。"

接着客商就起锚。

吉东大公在海岸旁,

忧伤地送他们远航。

忽然那只白天鹅,

在流水上浮游着。

"你好，我英俊的大公！

干吗像阴雨天，忧心忡忡？

这样伤心为了啥？"

天鹅这样盘问他。

大公听完，悲伤地说：

"忧愁正在吞噬着我。

它苦恼我年轻人，

我想见见我父亲。"

天鹅说道："原来这样！

那么好吧，你听我讲，

你想上船吧，大公？

你就变只小蚊虫。"

天鹅说完，鼓动翅膀，

把水拍得噼啪地响。

大公给水溅一身，

从头到脚湿淋淋。

他马上就缩成一个点子，

变成一只小小蚊子。

蚊子马上嗡嗡飞，

把海上的那船追，

悄悄落到那船上面，

钻到一道缝缝里边。

    风轻快地呼呼吹，

船向前航快如飞，

那布扬岛已经经过，

直驶萨尔坦的皇国。

这期待着的国土，

转眼出现在远处。

客商纷纷离船上岸，

萨尔坦请他们去玩。

我们那位大胆好汉，

跟着飞到皇宫里面。

只见那萨尔坦沙皇，

在宫殿里，浑身金光，

头戴皇冠，坐在宝座上，

可他脸上很忧伤。

那纺织娘和厨娘俩，

还有老婆子这亲家，

坐在沙皇他两旁，

牢牢盯住那沙皇。

沙皇请客人到桌旁坐下，
接着开口，问他们话：
"诸位走的时间有多长？
到过哪一些地方？
海外情况是好是坏？
有什么事稀奇古怪？"
船上的人回答说：
"整个世界我们都到过。
海外生活可是不坏，
有件事情真叫奇怪！
海上本来有个陡峭的荒岛，
人不能住，船也没法靠，
它就这样一片荒芜，
上面只长一棵橡树。
可是如今这个岛，
忽然出现新城堡，
内有王宫，金顶教堂，
漂亮花园，还有楼房。
吉东大公坐镇这个岛，
他要我们问您好。"
沙皇听了惊讶地说：

"只要我有一天活着,

我要到奇岛去观光,

去把这位吉东拜访。"

可纺织娘和厨娘俩,

还有老婆子这亲家,

不愿萨尔坦沙皇,

上这奇岛去拜访。

"说实在的,稀奇个啥,"

厨娘首先开口说话,

狡猾地向另外两人眨眼睛,

"海上这么一座城!

要说稀奇,这才算数:

林中有棵枞树,树下有只松鼠。

这松鼠会唱曲子,

一天到晚啃榛子。

这些榛子非同小可,

外面全都裹着金壳,

榛肉都是绿宝石——

这才算得是奇事。"

沙皇听了十分惊讶,

蚊子听了气得咬牙——

它一下子飞去叮
这姨妈的右眼睛。
厨娘登时吓青了脸，
昏倒过去，变成独眼。
侍从、妹妹和亲家
嚷嚷着要逮住它。
"你这蚊子真真可气！
我们一定要逮住你！……"
可是蚊子飞到窗子外，
安然飞过大海回家来。

　　大公又在海边徘徊，
两眼牢牢望着大海。
忽然那只白天鹅，
在流水上浮游着。
"你好，我英俊的大公！
干吗像阴雨天，忧心忡忡？
这样伤心为了啥？"
天鹅这样盘问他。
大公听完，悲伤地说：
"忧愁正在吞噬着我。

我想得到个奇迹,

据说它是这样的：

林中有棵枞树,树下有只松鼠,

说是奇迹,毫不含糊——

这松鼠会唱曲子,

一天到晚啃榛子。

这些榛子非同小可,

外面全都裹着金壳,

榛肉都是绿宝石——

不过也许是胡扯。"

天鹅听了这样回答：

"松鼠的事可是不假,

这个奇迹我知道。

亲爱的大公,别苦恼。

这一件事,出于交情,

为你效劳,我很高兴。"

大公听了心痛快,

迈开大步回家来。

他刚走进宽大庭院——

怎么?只见高大的枞树下面,

有只松鼠在那里,

正在啃着金榛子,

把绿宝石给啃出来,

把壳全都扒拉成堆。

有大堆也有小堆,

然后唱歌叫人醉,

唱给所有正直人听:

在花园里,在菜园中。①

吉东大公心惊讶,

"谢谢,"不禁说出心里话,

"但愿上帝让那天鹅,

能够跟我一样快活。"

大公于是给松鼠,

造了一间水晶屋,

派人把它好好守卫,

同时专派一名官吏,

榛子数目算清楚。

得利的是大公,得荣誉的是松鼠。

风在海上轻轻地吹,

船给吹得疾走如飞。

---

① 原文为斜体。

船上的帆鼓鼓胀，

船儿乘风又破浪。

它经过那陡峭的岛，

它经过那雄伟的城堡。

忽听排炮轰隆隆，

关照这船向岸靠拢。

客商于是停靠码头，

吉东大公请去吃酒，

款待他们喝和吃，

又向他们问问题：

"诸位贩卖什么东西？

你们如今要上哪里？"

船上的人回答说：

"整个世界我们都到过。

您问贩卖什么吗？

都是顿河好公马。

如今回家期限到，

前面还有路迢迢：

待把布扬岛一经过，

就到光荣的萨尔坦那个皇国……"

大公说道："客人们，

祝愿一路都顺风，

平平安安漂过海洋，

去见光荣的萨尔坦沙皇，

并请替我对他道：

吉东大公问他好。"

　　客商向他鞠过了躬，

于是出来，动身起程。

大公又向海边走，

天鹅正在波浪上面游。

大公求它：我的心在恳求，

它在把我远远带走……

天鹅又溅他一身，

从头到脚湿淋淋：

大公变成一只苍蝇，

马上动身，一路飞行，

飞在天和海之间，

落在船上——钻到缝里面。

　　风轻快地呼呼吹，

船向前航快如飞，

那布扬岛已经经过,

直驶萨尔坦的皇国。

这期望着的国土,

转眼出现在远处。

客商纷纷离船上岸,

萨尔坦请他们去玩。

我们那位大胆好汉,

跟着飞到皇宫里面。

只见那萨尔坦沙皇,

在宫殿里,浑身金光,

头戴皇冠,坐在宝座上,

可他脸上很忧伤。

纺织娘和老婆子这亲家,

还有独眼的厨娘她,

坐在沙皇他两旁,

像癞蛤蟆朝他望。

沙皇请客人到桌旁坐下,

接着开口,问他们话:

"诸位走的时间有多长?

到过哪一些地方?

海外情况是好是坏?

有什么事稀奇古怪？"

船上的人回答说：

"整个世界我们都到过。

海外生活可是不坏，

有件事情真叫奇怪！

大海当中有个岛，

岛上有座大城堡，

内有王宫，金顶教堂，

漂亮花园，还有楼房。

宫前长着棵枞树，

树下有座水晶屋，

屋里有只听话松鼠，

它好玩得形容不出！

这松鼠会唱曲子，

一天到晚啃榛子。

这些榛子非同小可，

外面全都裹着金壳，

榛肉都是绿宝石，

松鼠有人守卫着，

有各种人把它服侍，

还专派了一名官吏，

榛子数目计算清，

军队向它把礼敬。

榛子金壳铸成金币，

这种金币流通各地。

姑娘收集绿宝石，

把它们存进国库。

岛上的人个个富裕，

到处楼房，没有小屋。

吉东大公坐镇这个岛，

他要我们问您好。"

沙皇听了惊讶地说：

"只要我有一天活着，

我要到奇岛去观光，

把这吉东去拜访。"

可纺织娘和厨娘俩，

还有老婆子这亲家，

不愿萨尔坦沙皇，

上这奇岛去拜访。

纺织娘她暗暗冷笑，

对着沙皇这样说道：

"这有什么稀奇？嗨！

不过是松鼠咬石块。

把金子壳给吐出来，

把绿宝石扒拉成堆，

不管是真还是假，

我看不值得惊讶。

世上倒有一个奇闻，

说是海上波浪汹涌，

发出涛声声震天，

冲上荒凉海岸边。

只见激流一下分开，

在海岸上一下出来

勇士三十又三名，

盔甲像火耀眼睛，

个个勇敢，个个英俊，

个个魁梧，个个年轻，

个个一样，像经过挑选，

黑海大爷是他们的带兵官。

要说稀奇，这才稀奇，

这才真是一个奇迹！"

聪明客人不做声，

大家不想跟她争。

沙皇听了十分惊讶,

吉东听了气得咬牙——

它一下子飞去叮

这姨妈的左眼睛。

纺织娘可吓青了脸,

一声哎哟,变成独眼。

大伙嚷嚷:"赶快抓,

把它拍死,拍死它……

这就捉到!就等着看……"

可是大公已到窗前,

他安然地飞过海,

回到自己家乡来。

　　大公在蓝海边徘徊,

两眼牢牢望着大海。

忽然那只白天鹅,

在流水上浮游着。

"你好,我英俊的大公!

干吗像阴雨天,忧心忡忡?

这样伤心为了啥?"

天鹅这样盘问他。

大公听完，悲伤地说：

"忧愁正在吞噬着我。

我想让个大奇迹，

出现在我这领地。"

"你说的是什么事情？"

"说是海上波浪汹涌，

发出涛声声震天，

冲上荒凉海岸边。

只见激流一下分开，

在海岸上一下出来

勇士三十又三名，

盔甲像火耀眼睛，

个个勇敢，个个英俊，

个个魁梧，个个年轻，

个个一样，像经过挑选，

黑海大爷是他们的带兵官。"

天鹅听了，回答他说：

"原来你为这事难过？

亲爱的大公，别烦恼，

这个奇迹我知道。

你所说的海上勇士，

正是我的同胞兄弟。

去吧，不要再难过，

去等我的兄弟来做客。"

　　大公于是忘了忧伤，

走去坐在高塔顶上。

他定睛把大海瞧，

大海忽然浪滔滔。

只见激流一下分开，

在海岸上一下出来

勇士三十又三名，

盔甲像火耀眼睛，

勇士两个两个一排，

前面一位白发皑皑，

这位大爷把队带，

直向城堡走过来。

吉东大公跑下尖塔，

把这一队贵客迎迓。

他们很快就来到，

大爷告诉大公道：

"是天鹅把我们兄弟，

派到你的城堡这里。

守卫你这光荣的城堡,

在它周围巡逻和瞭哨。

从今以后,我们每天

在这高大城墙旁边,

要从大海里出现,

没有一天会间断。

我们很快又能相见,

现在得回大海里面。

陆地空气不好受……"

说着他们回到海里头。

  风在海上轻轻地吹,

船给吹得疾走如飞。

船上的帆鼓鼓胀,

船儿乘风又破浪。

它经过那陡峭的岛,

它经过那雄伟的城堡。

忽听排炮轰隆隆,

关照这船向岸靠拢。

客商于是停靠码头,

吉东大公请去吃酒,

款待他们喝和吃,

又向他们问问题:

"诸位贩卖什么东西?

你们如今要上哪里?"

船上的人回答说:

"整个世界我们都到过。

我们贩卖钢铁制品,

我们贩卖纯金纯银。

如今回家期限到,

前面还有路迢迢:

待把布扬岛一经过,

就到光荣的萨尔坦那个皇国……"

大公说道:"客人们,

祝愿一路都顺风,

平平安安漂过海洋,

去见光荣的萨尔坦沙皇,

并请替我对他道:

吉东大公问他好。"

　　客商向他鞠过了躬,

于是出来，动身起程。

大公又向岸边走，

天鹅正在波浪上面游。

大公求它：我的心在恳求，

它在把我远远带走……

天鹅又溅他一身，

从头到脚湿淋淋：

大公马上缩个不停，

变成一只小小蜜蜂，

他嗡嗡地飞上天，

赶上海上那艘船，

悄悄落在船尾上面，

钻到一道缝缝里边。

　　风轻快地呼呼吹，

船向前航快如飞，

那布扬岛已经经过，

直驶萨尔坦的皇国。

这期望着的国土，

转眼出现在远处。

客商纷纷离船上岸，

萨尔坦请他们去玩。

我们那位大胆好汉,

跟着飞到宫里面。

只见那萨尔坦沙皇,

在宫殿里,浑身金光,

头戴皇冠,坐在宝座上,

可他脸上很忧伤。

那纺织娘和厨娘俩,

还有老婆子这亲家,

坐在沙皇他两旁,

像癞蛤蟆朝他望。

沙皇请客人到桌旁坐下,

接着开口,问他们话:

"诸位走的时间有多长?

到过哪一些地方?

海外情况是好是坏?

有什么事稀奇古怪?"

船上的人回答说:

"整个世界我们都到过。

海外生活可是不坏,

有件事情真叫奇怪!

大海当中有个岛,

岛上有座大城堡,

每天都要发生奇怪的事情,

海上一下波涛汹涌,

发出涛声声震天,

冲上荒凉海岸边,

只见激流一下分开,

在海岸上一下出来

勇士三十又三名,

盔甲像火耀眼睛,

个个勇敢,个个英俊,

个个魁梧,个个年轻,

个个一样,像经过挑选,

黑海大爷是他们的带兵官。

勇士两个两个一排,

绕着城墙走去走来。

他们保卫这个岛,

在它周围巡逻和瞭哨。

这些卫士最最勇敢,

最最可靠,最最勤勉。

吉东大公坐镇这个岛,

他要我们问您好。"

沙皇听了惊讶地说:

"只要我有一天活着,

我要到奇岛去观光,

把这大公去拜访。"

纺织娘和厨娘不说话,

这回老婆子这亲家,

冷笑一声说起来:

"这有什么可奇怪?

人们这样走出大海,

为了巡逻,走去走来——

不管是真还是假,

我看不值得惊讶。

世上哪有这种奇迹?

可盛传着一件真事:

海外有位公主像天仙,

叫人看了不转眼。

白天她使日光失色,

黑夜她又照亮大地。

月亮在她发辫下闪亮,

星星在她脑门上放光。

她的神态那么端庄,

走路像孔雀般仪态万方。

当她说话的时候,

话像小溪淙淙流。

要说稀奇,这才稀奇,

这才真是一个奇迹!"

聪明客人不做声,

大家不想跟她争。

沙皇听了十分惊讶,

王子听了气得咬牙——

可老婆子的眼睛,

他还舍不得去叮,

却在她的头上打转,

落到她的鼻子上面,

把她鼻子蜇一下,

上面登时起疙瘩。

接着又是一场慌乱:

"快救命啊,我的老天!

快救命啊!赶快抓,

把它拍死,拍死它……

这就捉到!就等着看……"

可蜜蜂早飞到窗子外面。

它安然地飞过海,

回到自己家乡来。

  大公在蓝海边徘徊,

两眼牢牢望着大海。

忽然那只白天鹅,

在流水上遨游着。

"你好,我英俊的大公!

干吗像阴雨天,忧心忡忡?

这样伤心为了啥?"

天鹅这样盘问他。

大公听完,悲伤地说:

"忧愁正在吞噬着我。

每一个人要结婚,

就我没法配上亲。"

"可你看中什么对象?"

"据说在这世界之上,

有位公主像天仙,

叫人看了不转眼。

白天她使日光失色,

黑夜她又照亮大地。

月亮在她发辫下闪亮，

星星在她脑门上放光。

她的神态那么端庄，

走路像孔雀般仪态万方。

当她说话的时候，

话像小溪淙淙流。

就不知这是真是假？"

他担心地等着回答。

白天鹅它停了停，

想了一下才开声：

"不错！是有这么一个姑娘，

可妻子跟手套不一样，

不能随手甩下来，

往你腰带上一塞。

我有一句忠言奉赠，

我说的话，你好好听：

你先好好想仔细，

以免后悔来不及。"

大公在它面前发誓，

说他已到结婚年纪，

说他已把这件事，

前前后后想仔细，

说他怀着炽烈的心，

要去寻找这位美人，

要把各处都走遍，

哪怕一直到天边。

天鹅深深叹了口气：

"走这样远倒也不必。

命定的人就在你的眼前等待着，

因为公主就是我。"

天鹅说着翅膀拍动，

一直飞到大海上空，

又从高处往下冲，

落到一丛矮树中，

把全身的羽毛抖去，

变成一位美丽公主：

月亮在她发辫下闪亮，

星星在她脑门上放光；

她的神态那么端庄，

走路像孔雀般仪态万方；

当她说话的时候，

话像小溪淙淙流。

大公马上拥抱公主,

紧贴自己雪白胸脯,

接着赶紧带了她,

来见亲爱的妈妈。

大公跪下,向她恳求:

"我生身的亲爱母后!

我挑了个妻子给自己,

妈,我挑了个孝顺女儿给你。

求你允许我俩成家,

求你说句祝福的话。

祝福我们相亲爱,

和美日子过起来。"

在他们低垂的头上,

母亲高高举着圣像,

流着泪说:"孩子们呀,

上帝赐福你们俩。"

大公也不多做准备,

就跟公主成亲匹配。

幸福的日子徐徐过,

期待子孙多又多。

风在海上轻轻地吹,

船给吹得疾走如飞。

船上的帆鼓鼓胀,

船儿乘风又破浪。

它经过那陡峭的岛,

它经过那雄伟的城堡。

忽听排炮轰隆隆,

关照这船向岸靠拢。

客商于是停靠码头,

吉东大公请去吃酒,

款待他们喝和吃,

又向他们问问题:

"诸位贩卖什么东西?

你们如今要上哪里?"

船上的人回答说:

"整个世界我们都走过。

我们总算没有白跑,

把些违禁物品卖掉。

我们的路长又长,

如今回家到东方。

待把布扬岛一经过,

就到光荣的萨尔坦那个皇国……"

大公说道:"客人们,

祝愿一路都顺风,

平平安安漂过海洋,

去见光荣的萨尔坦沙皇。

见到你们的国君,

请把这句话提醒:

他曾说过前来做客,

可到如今还没践约——

请代我向他问声好。"

客人于是起了锚,

这回大公留在宫里,

没跟他的妻子分离。

　　风轻快地呼呼吹,

船向前航快如飞,

那布扬岛已经经过,

直驶萨尔坦的皇国。

这很熟悉的国土,

转眼出现在远处。

客商纷纷离船上岸,

萨尔坦请他们去玩。

客商看见宫里面,

沙皇头上戴皇冠,

那纺织娘和厨娘俩,

还有老婆子这亲家,

坐在沙皇他两旁,

像癞蛤蟆把他望。

沙皇请客人到桌旁坐下,

接着开口,问他们话:

"诸位走的时间有多长?

到过哪一些地方?

海外情况是好是坏?

有什么事稀奇古怪?"

船上的人回答说:

"整个世界我们都到过。

海外生活可是不坏,

有件事情真叫奇怪!

大海当中有个岛,

岛上有座大城堡,

内有王宫,金顶教堂,

漂亮花园，还有楼房。

宫前长着棵枞树，

树下有座水晶屋，

屋里有只听话松鼠，

真好玩得形容不出！

这松鼠会唱曲子，

一天到晚啃榛子。

这些榛子非同小可，

外面全都裹着金壳，

榛肉都是绿宝石，

松鼠有人守卫着。

那里还有奇怪事情：

海上一下波涛汹涌，

发出涛声声震天，

冲上荒凉海岸边，

只见激流一下分开，

在海岸上一下出来

勇士三十又三名，

盔甲像火耀眼睛，

个个勇敢，个个英俊，

个个魁梧，个个年轻，

个个一样，像经过挑选，

黑海大爷是他们的带兵官。

这些卫士最最勇敢，

最最可靠，最最勤勉。

大公夫人像天仙，

叫人看了不转眼。

白天她使日光失色，

夜里她又照亮大地。

月亮在她发辫下闪亮，

星星在她脑门上放光。

吉东大公治理这城，

百姓对他衷心称颂。

他要我们问候您，

同时把话来提醒：

您曾说过前去做客，

可到如今还没践约。"

　　沙皇没法再忍耐，

吩咐备船去航海。

可纺织娘和厨娘俩，

还有老婆子这亲家，

不愿沙皇去远航,

到那奇岛去拜访。

可是沙皇概不理,

叫她们仨快把嘴闭。

"我是沙皇是娃娃?"

这话不是当玩耍。

"我这就去!"他脚一蹬,

出去把门狠狠一碰。

  吉东坐在窗子旁,

默默对着大海望。

大海不闹,也不汹涌,

只是微微有点波动。

这时蔚蓝的天边,

忽然出现一些船;

沙皇萨尔坦的船队,

在平静的海上开来。

吉东见了猛一跳,

他马上就高声叫:

"看哪,我亲爱的母亲!

看哪,我年轻的夫人!

你们快往那边看，

来了父亲坐的船。"

转眼船只靠近海岛，

大公端起望远镜瞧：

沙皇站在甲板上，

也用望远镜在望。

身边是纺织娘和厨娘俩，

还有老婆子那亲家，

看着这陌生的岛，

都惊讶得不得了。

礼炮一下轰轰齐放，

钟楼全都叮叮当当。

吉东亲自到岸旁，

迎接这位老沙皇，

还有纺织娘跟厨娘俩，

以及老婆子那亲家。

他把沙皇领进城，

话也没有说一声。

  大家鱼贯进入宫殿，

门旁卫兵，甲胄耀眼。

沙皇面前站的是，

三十三名大勇士，

个个勇敢，个个英俊，

个个魁梧，个个年轻，

个个一样，像经过挑选，

黑海大爷是他们的带兵官。

沙皇走进宽大庭院，

只见高大枞树下面，

松鼠正在唱曲子，

啃啊啃着金榛子，

把绿宝石啃了出来，

吐进那些小小口袋。

整个大院全堆着，

榛子那些金的壳。

客人赶紧再往前走，

看见——啊？大公夫人——真是少有：

月亮在她发辫下闪亮，

星星在她脑门上放光。

她的神态那么端庄，

走路像孔雀般仪态万方。

她搀扶着她婆婆,

沙皇一看就认得……

心扑扑地跳得厉害!

"怎么回事?我看到谁?"

他激动得气也没法透……

眼泪不禁簌簌流。

他把皇后紧紧抱住,

还抱儿子和儿媳妇。

大家坐在桌子旁,

快活筵席开了场。

可纺织娘和厨娘俩,

还有老婆子这亲家,

一下散开四处逃,

好容易才给找到。

她们只得坦白认错,

号啕大哭,认罪悔过。

沙皇正逢喜事心欢畅,

就放她们回家乡。

喝了一天——沙皇萨尔坦醺醺醉,

给扶上床,蒙头大睡。

我也在场:大喝啤酒和蜂蜜,

只是沾湿了点胡子。

(1831年)

渔夫和金鱼的故事

有一个老头儿和老太婆，

居住在蔚蓝的大海旁边。

老两口住一间破旧泥棚，

整整地居住了三十三年。

老头儿天天去撒网打鱼，

老太婆在家里纺纱织线。

有一天老头儿撒下了网，

拉上来渔网里尽是海藻。

老头儿第二回撒下网去，

落网的又都是一些海草。

老头儿第三回把网撒下，

这一回网到了一条小鱼，

可不是普通鱼——是条金鱼。

这一条小金鱼还能说话，

用人话苦苦地求老人家：

"老大爷，请把我放回大海！
为赎身，我给你高昂代价：
无论你要什么，就给什么。"
老头儿吃一惊，心中害怕：
他打鱼都打了三十三年，
鱼说话可从来没碰到过。
他忙把小金鱼放回水中，
对这条小金鱼亲切地说：
"小金鱼，这都是上帝保佑，
我不要你给我什么报答。
你还是回到那蓝色水中，
回到那大海里自由玩耍。"

  老头儿回家来见老太婆，
把这件大怪事对她细说：
"我今天捉到了一条小鱼，
不是条普通鱼，是条金鱼。
小金鱼还会说我们人话，
哀求我把它给扔回大海。
为赎身，它肯出高昂代价：
我问它要什么它都肯给。

可是我不敢要任何报酬，

就把它放回了蓝海里头。"

老太婆听完了，破口大骂：

"你是个大傻瓜，是个饭桶！

问金鱼要报酬，这也不懂！

你哪怕讨一个木盆也好，

咱们的旧木盆破得不行。"

老头儿又回到蓝色海边，

只看见大海在颤动微波。

他开口呼唤那小小金鱼，

小金鱼游过来，问老头说：

"老大爷，你现在想要什么？"

老头儿行个礼，回答它道：

"求求你，鱼娘娘，请行行好。

我家的老太婆骂我一通，

不给我老头儿片刻安宁。

她说是要一个新的木盆，

我家的旧木盆破得不行。"

小金鱼听完了，马上应允：

"别难过，回家吧，上帝保佑，

你们俩会有个新的木盆。"

老头儿回家来见老太婆,

老太婆新木盆真有一个。

没想到老太婆骂得更凶:

"你是个大傻瓜,是个饭桶!

你多蠢,只要了一个木盆!

这木盆又能够值多少钱?

糟老头,快回去,找那金鱼,

行个礼,求它给木屋一间。"

老头儿又来到蓝色海边

(这蓝海已经是变得浑浊)。

他开口呼唤那小小金鱼,

小金鱼游过来,问老头儿说:

"老大爷,你现在想要什么?"

老头儿行个礼,回答它道:

"求求你,鱼娘娘,请行行好。

我家的老太婆骂得更凶,

不给我老头儿片刻安宁,

吵闹的老太婆要间木屋。"

小金鱼听完了,马上回复:

"别难过,回家吧,上帝保佑,
准没错,你们会有间木屋。"
老头儿回家来找那泥棚,
可这间小泥棚没了影踪。
他面前是木屋,房间明亮,
有一个砖砌的雪白烟囱,
还有道橡木板做的大门。
老太婆正坐在窗子旁边,
马上就破口骂她的丈夫:
"你是个大傻瓜,是个饭桶!
多么蠢,只要了一间木屋!
快回去,向金鱼行一个礼:
我不愿做一个低贱农妇,
我想要做一位世袭贵族。"

　　老头儿又来到蔚蓝海边
(这一回这蓝海很不安然)。
他开口呼唤那小小金鱼,
小金鱼游过来,问老头儿说:
"老大爷,你现在想要什么?"
老头儿行个礼,回答它道:

"求求你,鱼娘娘,请行行好!
老太婆这一回骂得更凶,
不给我老头儿片刻安宁。
她如今不愿做一个农妇,
她想要做一位世袭贵族。"
小金鱼听完了,随即开口:
"别难过,回家吧,上帝保佑。"

　　老头儿回家来见老太婆。
你看到什么呀?高楼一座。
老太婆站立在门阶上面,
身上穿名贵的貂皮坎肩,
头戴着镶金银锦缎头饰,
脖子上围的是珍珠项圈,
手上戴镶宝石黄金戒指,
脚上蹬红色的一双皮靴。
殷勤的奴仆们把她侍候,
挨她打,让她把额发乱扯。
老头儿对他的老太婆说:
"你好啊,尊贵的贵族夫人!
看起来你现在应该满足。"

没想到老太婆冲着他骂,

还派他到马厩当奴当仆。

　　一星期,两星期,接连过去,

老太婆越来越任性狂妄。

她又派老头儿去见金鱼:

"快回去,向金鱼行个礼讲:

我不愿再做这世袭贵族,

我要当自在的一个女王。"

老头儿吓一跳,恳求她说:

"你怎么,老太婆,吃错药啦?

你说话,你走路,都不像样,

只会叫全国人把你笑话。"

老太婆这一气非同小可,

猛抬手给老伴一个耳光:

"跟我这世袭的贵族夫人,

你这个庄稼汉竟敢顶撞。

赶快到海边去,要是违抗,

老实说,我也要押你前往。"

　　小老头又只好来到海边

（这时候蔚蓝的大海发暗）。
他开口呼唤那小小金鱼，
小金鱼游过来，问老头儿说：
"老大爷，你现在想要什么？"
老头儿行个礼，回答它道：
"求求你，鱼娘娘，请行行好！
我那个老太婆又发雷霆，
她如今不愿做贵族夫人，
想要做自在的一个女王。"
小金鱼听完了，回答他讲：
"别难过，回家吧，上帝保佑！
没问题，老太婆将是女王！"

老头儿回家来见老太婆。
可这是什么呀？王宫一幢。
他看见老太婆真成了女王，
在宫里正用膳坐在桌旁。
侍候的尽都是大臣贵族，
给她斟进口的高级美酒，
吃的饼花样多，样样都有。
四周围站着些威武卫士，

把一些利斧钺扛在肩头。

老头儿猛一见，心惊胆战！

忙向她跪下来叩头行礼，

嘴里说："你好啊，威严女王！

这一回你总该称心如意？"

老太婆对老头儿瞅也不瞅，

吩咐人从眼前赶走老头儿。

贵族们一听说忙奔上前，

抓住他后脖颈叉了就走。

到门口卫士们跑上前来，

差点儿用利斧砍他脑袋。

人们都把老头儿冷言讥笑：

"你这个大老粗，真是活该！

对于你这种人是个教训：

这地方不该来，就不要来！"

一星期,两星期,接连过去，

老太婆越来越任性狂妄。

她派人马上去带她丈夫，

老头儿给找到了，来见王上。

老太婆对老头儿下命令说：

"快回去，向金鱼行个礼讲，

我不愿再做这自在女王，

我想要做一个海上霸王，

好让我生活在海洋上面，

让这条小金鱼把我侍奉，

让这条小金鱼供我差遣。"

　　老头儿听完了，不敢违抗，

连个不字也不敢说一声。

他于是又来到蓝色海边，

只看见海上刮起黑暴风：

狂怒的大海浪澎湃汹涌，

又是吼，又是啸，又是翻腾。

他开口呼唤那小小金鱼，

小金鱼游过来，问老头儿说：

"老大爷，你现在想要什么？"

老头儿行个礼，回答他道；

"求求你，鱼娘娘，请行行好！

该死的老太婆叫我没法！

她如今不愿做一个女王，

她想要做一个海上霸王：

好让她生活在海洋上面，

好叫你小金鱼把她侍奉，

从今后你专门供她差遣。"

小金鱼什么话也没有说，

它只是用尾巴拍了拍水，

一转身潜入了深深海底。

老头儿在海边等了半天，

没回音，就回家见老太婆——

他眼前依旧是那间泥棚，

门槛上坐着他那老太婆，

她面前还是那破旧木盆。

（1833 年）

死公主和七勇士的故事

沙皇告别皇后以后，

理好行装，登程远游。

皇后独坐在窗边，

等他一天又一天。

从大清早等到深夜，

望着外面一片田野，

黎明望到深夜沉，

一直望到眼睛疼。

亲爱伴侣她看不见，

只见风雪呼呼打转。

雪花飘落田野上，

大地一片白茫茫。

眼睛这样不离田野，

转眼过去整九个月，

就在圣诞节前夕，

上帝赐她个女儿。
直到这个大清早晨，
朝思暮想的那个客人——
当了爸爸的沙皇，
才从远方回家乡。
皇后抬头把他看了看，
深深发出一声长叹，
经受不住这狂喜，
早祷之前咽了气。

沙皇久久觉得伤心，
可怎么办？他是罪人，
一年过去像场梦，
跟个姑娘又成亲。
说实在话，这个姑娘，
的确生成皇后福相：
身材苗条，皮肤白，
聪明伶俐，有能耐，
就是骄傲，架子十足，
非常任性，而且善妒。
在她那些妆奁中，

带来一面小魔镜。

这面镜子不同寻常，

它连人话也都会讲。

皇后独自同它在一起，

也就变得高兴又和气，

跟这镜子亲热谈笑，

同时就要自我炫耀：

"亲爱的镜子你回答，

请你说句老实话：

世上可是我最可爱，

最最红润，最最雪白？"

镜子马上回答说：

"当然是你，这没错。

是皇后你最最可爱，

最最红润，最最雪白。"

皇后乐得哈哈笑，

两个肩头翘了翘，

把双媚眼眨了两眨，

指头弹弹，咔嗒咔嗒，

双手叉腰左右转，

神气地把镜子照了半天。

这时候，小公主她，

不知不觉，悄悄长大。

日里长来夜里大，

一下长成一枝花，

眉毛乌黑，脸儿雪白，

性情温柔，极其可爱。

有人向她求婚来，

就是王子叶利赛。

媒人来说，沙皇应允，

准备好了各种嫁妆：

通商城市共七座，

楼房一百四十幢。

　　婚礼前夕姑娘聚会，

皇后打扮，要去出席。

她坐在那镜子前，

一面化妆一面谈：

"你说可是我最可爱，

最最红润，最最雪白？"

你想镜子怎么说？

"你很漂亮,这没错。

可是公主最最可爱,

最最红润,最最雪白。"

皇后听了跳起来,

把一只手乱摇摆,

拍打镜子,气得发昏,

使劲咚咚蹬着鞋跟!……

"哼,你这镜子真混账!

竟然对我胡乱讲。

她跟我比,哪比得上?

我要叫她不敢妄想。

瞧她长成什么样?

说她雪白还可讲:

她妈怀她的时候,

坐在那里光把雪瞅!

可她比我更可爱,

你倒说说怎么会?

你得承认:我最美丽,

整个国家没人能比,

岂止全国,是普天下。

对吧?"镜子却回答:

"还是公主最最可爱,

最最红润,最最雪白。"

皇后听了没法想,

恶毒妒意涌心上。

她把镜子扔到凳下,

叫来丫鬟契诺夫卡。

她吩咐她这丫鬟,

马上就去这么办:

把小公主带进密林,

用根绳子把她捆紧,

扔在那边松树下,

让饿狼来吃掉她。

　　说服泼妇谈何容易,

根本没法跟她讲理。

丫鬟带着小公主,

一直来到林深处。

走那么远,公主猜到怎么回事,

她一下子吓得要死。

"我的好人,"她忙哀求说,

"请问我有什么错?

不要杀我,好心姑娘,

等我王后一旦当上,

我一定要报答你。"

丫鬟对她很怜惜,

也没杀她,也没捆绑,

把她放走,对公主讲:

"不要伤心,上帝保佑你。"

说完她就回宫里。

皇后问她:"事情怎样?

那美人在什么地方?"

"独自在林中留下,"

丫鬟这样回答她。

"她的双手紧紧捆牢,

一准落到野兽魔爪,

时候用不着多少,

她的性命就要送掉。"

　　流言蜚语开始传扬,

说是公主不知去向!

可怜国王苦难挨。

再说王子叶利赛,

他虔诚地祈求上苍，

随即出发四处寻访，

去找心爱美人儿，

去找年轻未婚妻。

  他未婚妻这个时候，

在林子里走了一宿，

一直走到大天亮，

走近一座高楼房。

狗奔过来，汪汪地嚷，

到她身边，也就不响。

她走进了院子门，

院子里面静得很。

公主一路轻轻走，

狗亲热地跟在后。

公主来到台阶上，

抓住门环轻推搡。

门儿悄悄儿地打开，

公主到敞亮的房间里来。

四周长凳围一圈，

长凳上面铺毛毡。

神像下放橡木桌一张，

还有炉子、铺瓷砖的炕。

姑娘一看就拿准，

这儿住的是好人。

他们不会把她欺负！——

可是四周人影全无。

公主环屋走一遭，

把一切给收拾好。

她把神前蜡烛点亮，

她把灶里炉火生旺，

然后爬到阁楼上，

悄悄地在上面躺。

　　到了吃中饭的时分，

外面响起踏步声音。

进来七名大勇士，

七名红脸大胡子。

老大说道："多么稀奇！

屋子这样好看整齐。"

有人前来收拾过，

还把主人等待着。

是谁？请您把脸露露，

咱们好好交个朋友。

如果是位老大爷，

就当我们的大爷。

如果是位精壮汉子，

咱们大家就做兄弟。

如果是位老妈妈，

我们尊您做亲妈。

如果是位美姑娘，

我们就做你的兄长。

公主下来见他们，

公主下来见主人，

她深深地鞠一个躬，

十分抱歉，满脸绯红，

因为他们没请她，

自己闯进他们家。

七位勇士听她谈吐，

就知道她是位公主，

请她坐在屋角上，

端来馅饼请她尝，

还把酒杯斟得满满，

用盘端到她的面前。

植物酿的这种酒，

她可没有喝一口，

只把一个馅饼掰开，

吃了那么小小一块。

她在路上走得很累，

请求让她歇上一会。

七位勇士把这姑娘，

带到楼上明净卧房，

让她独自留下来，

让她安心好好睡。

　　一天一天飞快过去，

公主就在大森林里，

跟七勇士一起过，

一点儿也不寂寞。

每天早晨不等天明，

七兄弟就一起出门。

他们一块儿溜达，

一块儿打灰野鸭；

只要右手伸展一下，

萨拉秦人就打下马；

或者唰唰砍下来

那些鞑靼人脑袋；

或者把五山的车尔凯斯人，

赶出他们那个森林。

公主成了女当家，

家里这时只剩下她，

她又收拾，她又做饭，

他们的心意，从不违反，

他们也依她的办，

这样过了一天又一天。

　　七兄弟爱上了可爱的姑娘，

因此一天，天刚刚亮，

他们七个人一起，

走到她的房间里。

老大开口："姑娘，你也明白，

你是咱大伙的妹妹，

可是我们七兄弟，

全都深深爱上你，

都想跟你结成夫妻，

却又没有这个道理。

天哪，求你给解决：

嫁给我们中一个，

对其他人还是妹妹，还那么好……

可你干吗尽把头摇？

你是拒绝我们吗？

是不中意我们吧？"

"啊，我真诚的年轻人，

啊，我的亲哥哥们，

如果我是在撒谎，"

小公主对他们讲，

"上帝让我当场送命：

我怎么办？我订过婚。

对我来说，你们七兄弟，

全都一样，勇敢又聪明。

我同样地热爱你们，

可我已经许配他人。

这一个人最亲爱，

他是王子叶利赛。"

七兄弟都一言不发,
站在那里搔后脑瓜。
"问问没有过错。请原谅,"
老大鞠躬对她讲,
"既然这样,从此不提。"
公主回答,声音很低:
"我可没生你们的气,
我拒绝也没什么不对。"
求婚者们行了个礼,
悄悄儿地退出房去。
大伙重又在一起,
亲亲爱爱过日子。

这时那个狠毒皇后,
公主的事又上心头,
她不能够把她饶,
又把镜子给想到。
她对镜子生气多时,
这时重又找出镜子,
赶紧坐到它前面,

怒气早已化成烟。

她又炫耀她的美貌，

微微笑着，问镜子道：

"你好，镜子，你说吧，

请你说出老实话：

世上可是我最可爱，

最最红润，最最雪白？"

镜子接着回答说：

"你很漂亮，这没错。

可有个人默默无闻，

住在青翠橡树林中，

在七勇士家里待，

她可比你更可爱。"

皇后一听，直奔丫鬟：

"竟敢骗我？你好大胆！

到底是怎么回事？……"

丫鬟只好都招认：

如此这般。那坏皇后

就用死刑威胁丫头：

公主要是不杀掉，

你的性命别想保。

一天，公主独自一人，

在等她的亲哥哥们，

坐在窗口纺着纱，

忽然听见台阶下，

狗很凶地汪汪狂喊，

一个修女前来讨饭。

她在院子里面走，

用根棍子在赶狗。

"老大娘你等我一下，"

公主在窗子里叫她，

"我来把狗给赶开，

给你拿点吃的来。"

修女听了，回答她讲：

"哎呀，你真是个好心姑娘！

该死的狗缠得真要命，

简直想要咬死人。

瞧它，叫成什么样子！

你出来吧，到我这里。"

公主要去给她面包吃，

可是刚一下台阶，

狗在她的脚下狂叫，

不让到老太婆身边。

老太婆想靠靠拢，

它比野兽还要凶，

一直去扑那老太婆。

多么奇怪？公主就说：

"它一准是没睡好。

接住！"她扔去面包。

老太婆把面包接住。

"谢谢，"她对小公主说，

"但愿上帝祝福你，

接住，我也回样礼！"

她向公主扔来一个

成熟的鲜嫩金黄苹果……

狗一下子蹦蹦跳，

开始大声汪汪叫……

可是公主已经接住了它。

"我亲爱的，吃苹果吧，

也好解解心里烦。

我谢谢你一顿饭……"

小老太婆这话说完，

鞠了个躬，转眼不见……

狗跟公主上台阶，

看着公主真作孽。

它汪汪地叫得很凶，

就像它的心在绞痛。

它像是说："扔了吧！"

公主轻轻拍拍它，

同时对它亲切说话：

"你怎么啦，小鹰？躺下！"

她说完就走进房，

把门轻轻给关上。

她在窗前坐下纺纱，

等待主人他们回家。

她老去看那苹果，

苹果熟了，汁水多，

又是新鲜，又是芳香，

又是鲜红，又是金黄，

好像蜜糖给灌满，

连核也能看得见……

她原想等中饭时吃，

可怎么也等待不及，

就把苹果拿在手，

送到她的樱桃口，

不急不忙咬一小口……

把它咽到肚子里头……

忽然她，我的小宝贝，

摇晃一下，咽了气，

雪白的手垂在身旁，

鲜红苹果落到地上。

一双眼睛翻了白，

在神像下倒下来，

头落到了长凳子上，

一动不动，一声不响……

这时候那七兄弟，

一场血战刚打毕，

回家来到院子门口，

汪汪叫着，扑来那狗。

狗领他们进院子。

弟兄们说："准坏事！

情况看来十分不妙。"

他们马上撒腿就跑。

进去一看——哎哟哟！

狗跑进来，汪汪叫，

扑上苹果，气得发狂，

吃了下去，倒下身亡。

事情看来很清楚，

苹果里面灌满毒。

七兄弟在死公主的面前，

呆呆站着，无限心酸。

他们把头都垂倒，

念着神圣的祷告，

抬起她来，穿好衣裳，

想要把她入土安葬。

可一下又改主意，

因为她像在梦里，

她静卧着那么安谧，

像是活着，只少口气。

一连等了三天整，

可是公主没有醒。

他们只好举行丧仪，

把小公主的遗体，

放到水晶棺材里，

然后他们七兄弟，

把它抬到一个荒山，

半夜时候，用些铁链

小心地把水晶棺

拴在六根柱子中间，

再在玻璃棺的周围，

用道栏栅围了起来——

他们对着这亡妹，

一躬到地行了礼。

老大说道："请你安息，

你的美丽，像邪恶的牺牲，

上天必将接去你的灵魂。

我们弟兄曾把你爱，

而你守身，等情人来。

如今谁也不能把你占，

除了这个水晶棺。"

　　当天那个恶毒皇后，

一心只把喜讯等候，

偷偷拿起那镜子，

问它这个老问题：

"你说,世上可是我最可爱,

最最红润,最最雪白?"

接着听到回答说:

"皇后,一点也不错,

是皇后你最最可爱,

最最红润,最最雪白。"

这时叶利赛王子,

为了他的未婚妻,

骑着马儿找遍各处,

可找不到,不禁痛哭。

不管他问什么人,

个个觉得伤脑筋。

有人当面把他嘲笑,

看人赶紧避开拉倒。

最后这个年轻人,

向红太阳来询问:

"我们亲爱的红太阳,

你整年在空中来往,

你把严冬,换上温暖的春天,

下面的人,都逃不过你的眼。

难道你会不告诉我：

你在世上可曾见过

一位年轻的公主？

我是她的未婚夫。"

"我亲爱的，"太阳答道，

"公主我可没有见到。

她可能已不在人世上。

可是我的邻居，那月亮，

看见过她也说不定，

或者发现过她的踪影。"

叶利赛呀心忧闷，

一直等到夜沉沉。

但等月亮脸儿一露，

他就追着，把它哀求：

"月亮，月亮，行行好，

我的朋友，小金角！

你在漆黑当中上升，

圆圆脸盘，亮亮眼睛，

繁星爱你模样好，

一直盯住你在瞧。

难道你会不告诉我：

你在世上可曾见过

一位年轻的公主，

我是她的未婚夫。"

"我的兄弟，"明月答道，

这位美女我没见到。

该我值班的时候，

我才天上来看守。

看来公主跑了过去，

正碰上我不在这里。

王子说道："真可惜！"

明月继续说下去：

"等等，风也许会知道，

它会帮你把她找着。

你现在去找找它。

不要难过，再见吧。"

  叶利赛他毫不气馁，

大声叫着，把风儿追：

"风啊！你的气力好，

满天乌云你能赶跑，

你使蓝海翻腾激荡,

你自由地吹遍八方。

你任何人都不怕,

除了上帝老人家。

难道你会不告诉我:

你在世上可曾见过

一位年轻的公主?

我是她的未婚夫。"

"等等,"狂风回答他说,

"就在静静的河流对过,

有一座山高高耸,

山中有个深深洞,

洞里阴暗,十分凄惨,

里面有个水晶的棺。

它悬挂在铁链上,

在柱子中间摇晃。

这个地方没有人迹,

棺中有你那未婚妻。"

　　风说完了又远跑。

王子听了哭号啕,

马上前去找那荒地,

找他美丽的未婚妻,

哪怕看一眼也好——

他一个劲向前跑。

面前陡峭的高山耸立,

高山周围是片荒地,

山下有个黑洞口,

他赶快向那里走。

洞里阴暗,凄凄惨惨,

摇晃着的是水晶棺。

在那水晶棺里面,

正是公主在长眠。

他用尽了浑身力气,

把水晶棺拼命捶击。

棺材一下给打破,

公主忽然又复活。

她用惊讶的眼睛张望,

她在铁链上面摇晃。

她叹口气,开口道:

"睡了多长一大觉!"

她从水晶棺上起身……

啊!……两人不禁痛哭失声。

王子抱起了公主,

离开黑洞上亮处。

他们一路回转家乡,

高高兴兴,倾诉衷肠,

消息已经到处传;

公主活着在人间!

这时那个恶毒后娘,

在王宫里闲得发慌。

她又坐到镜子前,

跟这镜子闲聊天:

"世上可是我最可爱,

最最红润,最最雪白?"

只听镜子回答说:

"你是漂亮,这没错。

可是公主最最可爱,

最最红润,最最雪白。"

恶毒后娘跳起来,

镜子摔个粉粉碎。

她一直向门口跑去,

正好迎面碰到公主。

皇后别提多心伤,

就此呜呼一命亡。

把这皇后土里一埋,

大喜事就办了起来。

叶利赛和未婚妻,

双双举行结婚礼。

像这样的盛大酒宴,

自古以来无人得见。

我也在座,喝酒又吃蜜,

只是沾湿了点胡子。

(1833年)

金鸡的故事

很远很远有个地方，

那地方有一个国邦。

国王达顿谁个不晓，

从年轻时起就霸道。

他经常去欺负邻邦，

像是家常便饭一样。

可他如今年纪老，

只想不再动兵刀。

他想过过太平日子，

无奈邻邦不断生事，

给他这位老国王，

带来可怕的灾殃。

为了能把边疆保住，

不让邻邦侵略国土，

他得养着一支兵，

人数少了还不行。

将军们都没打瞌睡,

可怎样也措手不及;

以为南边来了敌人,

敌人却从东边入侵,

陆地守得固若金汤,

凶恶的"客人"却来自海上……

达顿气得都流泪,

气得觉也忘了睡。

老提心吊胆怎么行?

只好求助一位哲人。

这位哲人是位阉人,

这星占家可灵得很。

国王于是派人去请。

  哲人果然应邀光临。

他打开了布口袋,

把只金鸡拿出来。

他对国王仔细叮咛:

"这只金鸡放在杆顶。

我的这只小金鸡,

帮你守望没问题：

如果四方太太平平，

它就待着安安静静；

只要碰到有的地方，

忽然间可能会打仗，

或者碰到敌军侵略，

或者碰到其他横祸，

我的这只小金鸡，

鸡冠就会猛地竖起，

喔喔啼叫，拍动翅膀，

转向出事的那个方向。"

国王感谢这阉人，

答应重重赏黄金。

他狂喜地对他说道：

"为了酬谢你的功劳，

你要什么给什么，

就像要的就是我。"

　　金鸡就此从高杆上，

帮他守望四面边疆。

一见哪儿有险情，

它像梦中猛惊醒,

浑身抖动,拍着翅膀,

转向出事的那个方向。

"喔喔喔喔,放心床上躺,

安心当你这国王!"

邻邦从此服服帖帖,

再也不敢兴兵侵略,

因为这位达顿王,

到处都能进行抵抗!

  一年两年太太平平,

金鸡一直安安静静。

可有一天吵得很凶,

国王一下子给惊醒。

"我们陛下!我们国父!"

将军前来向他禀诉。

"陛下,不好,请醒醒!"

"诸位,有什么事情?

啊?……谁来了?……什么不好?"

达顿打着哈欠说道。

将军连忙禀告说:

"金鸡又在喔喔喔。

现在全城惊慌吵闹。"

国王忙往窗外一瞧——

杆上金鸡拍翅膀,

转过脸去向东方。

事不宜迟:"大家上马!

喂喂,赶快,快快上马!"

他向东方派出了兵,

由他的大儿子率领。

金鸡静了,吵声停了,

国王又打他的盹了。

  这样过了八天整,

军队一点没音信:

到底可曾发生战斗,

达顿一点情报没有。

猛又听到喔喔声,

国王只好又发兵,

这回由小儿子领着,

前去营救他的哥哥。

金鸡重新又安静,

军队还是没音信!

这样又过去了八天,

人们天天提心吊胆。

忽然又是喔喔声,

国王第三次出兵:

御驾亲征向东方开走,

但求先知伊利亚保佑。

　　军队日夜不停地跑,

累得简直受不了。

战场,营垒,或者坟岗,

国王一路全没碰上。

"这真是件稀奇事!"

他的心里在寻思。

又过去了整整八天,

他带着兵进入山间。

在这崇山峻岭中,

猛见一座绸帐篷。

帐篷周围惊人地静,

可是就在峡谷当中,

躺满士兵的尸首,

达顿忙向帐篷走……

多可怕的一个场面，

两个儿子就在眼前：

地上躺着他们俩，

没有头盔没铠甲，

剑对穿过两人身体，

他们的马，在草地上徘徊，

茂密细草都踩踏乱，

只见上面血迹斑斑……

国王号叫："噢，孩子们！

我如今是多么倒运！

我的双鹰落网罗！

苦啊！我也不能活。"

大家跟着达顿哀喊，

山谷深处也在长叹，

群山心脏在发抖。

忽然就在这时候，

帐篷打开……一个姑娘，

这位沙马汗女王，

全身闪闪发着霞光，

静静地迎接老国王。

国王像夜鸟对朝阳,

哑口无言,定睛凝望。

两个儿子的惨死,

见了她全都忘记。

女王露出妩媚笑容,

向他深深鞠了个躬,

接着就拉住他的手,

领着他往帐篷里走。

让他桌旁坐下喝酒,

请他饱尝各种珍馐,

侍候他上锦缎床,

舒舒服服睡个酣畅。

整整一个星期工夫,

他完全被姑娘征服,

神魂颠倒欣喜若狂,

在她那里饱饮琼浆。

　　最后达顿班师还朝,

一路朝着他京城跑,

大军脚步震天响,

身旁是那美姑娘。

消息跑得比他们快,

真真假假,传了开来。

到了京城城门旁,

百姓欢闹迎国王,

跟着华丽马车飞奔,

追着女王以及达顿。

达顿招手在致意……

忽然看见人群里,

有个人戴尖顶白帽,

头发雪白,像天鹅毛。

这是阉人老相识。

"哎呀,你好,老爷子!

要说什么?"国王问道,

"请走近些!有何见教?"

"陛下!"哲人对他讲,

"最后总该结结账。

记得为了我的效劳,

你像对待朋友,曾答应道:

'你要什么给什么,

就像要的就是我。'

请赐给我这位姑娘,

这位沙马汗女王……"

国王听了吓一跳。

"什么?"他对老头哇哇叫,

"难道你是魔鬼上身?

难道你是头脑发昏?

你到底在想什么?

我答应过,这不错,

凡事可得有个限度!

你要姑娘有啥用处?

得了,你可知道我是谁?

你要别的无所谓:

贵族封号,国库财宝,

或者御马,任你来挑,

半个王国也可以!"

"可我别的不中意!

请赐给我这位姑娘,

这位沙马汗女王。"

哲人坚持回答道。

国王唾了一口:"大胆,办不到!

什么你也别想到手。

你这罪人,自作自受。

滚吧，趁没丢脑袋！

来呀，把这老家伙拉开！"

老头还想争个明白，

跟国王争，下场准坏：

国王举起了王杖，

打在他的脑门上。

哲人倒下，呜呼哀哉，

全城的人哆嗦起来。

只有姑娘罪孽全不怕，

她嘻嘻嘻，哈哈哈！

国王尽管心里发颤，

还得装出一副笑脸。

他坐着车就进城，

忽然传来轻轻一声：

当着全城人的面，

金鸡一直飞下高杆，

它在马车上下降，

落在国王头顶上，

拍着翅膀，啄他的头，

然后飞旋而上……就这时候，

车上掉下那达顿，

哎呀一声——命归阴!

女王忽然不知去向,

就像从未有过一样。

童话虽假,但有寓意!

对于青年,不无教益。

(1834年)